KB183884

시 권오삼

1943년 경북 안동에서 태어났습니다. 1975년『월간문학』신인상과 1976년『소년중앙』문학상을 받으며 문단 활동을 시작했습니다. 2002년에 방정환문학상을, 2011년에 권정생문학상을 받았습니다. 동시집으로『물도 꿈을 꾼다』『고양이가 내 배 속에서』『도토리나무가 부르는 슬픈 노래』『똥 찾아가세요』『진짜랑 깨』『라면 맛있게 먹는 법』『개도 잔소리한다』『너도 나도 엄지척』등이 있고, 동시 창작론『동시는 내게 말했다』가 있습니다.

그림 이한재

대학에서 컴퓨터를 전공하고 꼭두일러스트에서 그림책에 대해 공부했습니다. 익살스러운 그림을 좋아하고 이야기를 재밌게 표현하는 방법을 항상 고민 중입니다. 쓰고 그린 그림책『인사를 나눠 드립니다』로 작가 데뷔를 했습니다. 동시집『모험을 떠나는 단추로부터』, 그림책『날아』, 동화책『33번째 달의 마법』에 그림을 그렸습니다.

지퍼와 꼬마 기관차

권오삼 시·이한재 그림

상상

13번째 동시집을 내면서

어린 독자님들께!

시 읽기에 대해 도움이 될 말 한마디 할게요.

동시를 읽다가 이해하지 못하게 될까 봐, 아예 안 읽으려는 어린이가 있다면 조금도 걱정할 필요가 없어요.

읽어서 잘 이해가 안된다면 그건 시인이 시를 이상하게, 어렵게, 재미없게 썼기 때문이지 독자님의 잘못이 아니에요.

나도 그런 시 만나면 얼른 고개를 돌려 버립니다.

그러니 여러분들도 자기 마음에 드는 시를 찾아 나서는 모험을 해 보세요.

지금은 게임하는 중이니 나중에 하겠다고요?

하하, 알겠어요.

시보다는 게임이 더 재미있으니까요.

정직하게 말할 줄 아는 어린이 여러분! 다음에 또 만나요.

제 마지막 동시집에 그림을 그려 주신 이한재 화가님께
고마움을 전합니다.

2024년 10월
권오삼

차례

1부

새싹들은

예쁘기만

하네

통도 여러 가지

통, 통, 통, 통
편지 받아라 우체통
연필 넣어라 필통
쓰레기 먹어라 쓰레기통
돈 아껴라 저금통
밥 들어 있다 밥통
물 담는다 물통

와! 이런 통도 있네
꽉 막혔다 먹통
속 터진다 분통
아이고, 머리야 두통
아이고, 배야 복통

발성 연습

에스컬레이터를 타고 올라가듯
소리들이 올라갑니다
도~레~미~파~솔~라~시~도~

올라갔던 소리들이
에스컬레이터를 타고 내려오듯
다시 내려옵니다
도~시~라~솔~파~미~레~도~

지금은 발성 연습 시간입니다

하루

하루는 24시간
하루가
12시간이라면
에이, 너무 짧아
48시간이라면
어휴 지루해
짧지도 않고
지루하지도 않은
지구의 하루
몸에 딱 맞는 옷처럼
우리에게 딱 맞다

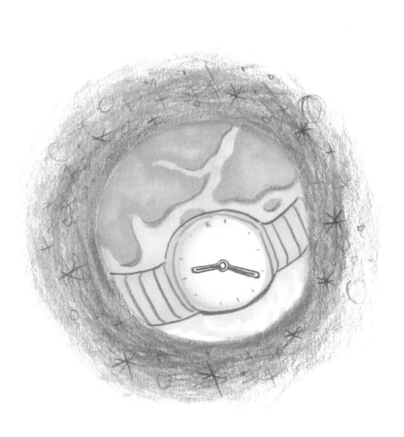

뾰족한 것

뾰족뾰족 장미 가시
뾰족뾰족 탱자 가시
뾰족뾰족 아까시 가시
뾰족뾰족 선인장 가시
뾰족뾰족 찔레 가시
뾰족뾰족 밤송이 가시

아이고 무서워
아이고 겁나

그런데 뾰족뾰족
새싹들은 예쁘기만 하네

순간 포착

CCTV 같은 내 눈
보이는 것마다 찰칵! 찰칵!
하지만 중요하지 않은 것은
자동으로 바로 삭제

과일 가게 앞을 지나다가
사과 바구니 앞에 붙여 놓은
글쪽지를 보았다

—우리 사과와 돌멩이가 박치기해서
돌멩이가 깨졌어요—

와우! 이건 대단한 사건!
재빨리 찰칵! 찰칵! 찰칵!
그러곤 머릿속에 급속 저장

바나나 송이들

야구 글러브처럼 생긴
노란 바나나 송이들
마트의 과일 진열대에
나란히 줄지어 있다

공이라도 날아오면
덥석 잡을 듯이
손가락들을 잔뜩 구부린 채

손님들은 그 모습을 보면서
손가락에 상처는 없는지
색깔은 샛노란지
꼼꼼히 살핀 뒤 카트에 담는다

식빵

침대 매트리스처럼 생긴 식빵
내가 손가락만 한 사람이라면
이 위에서 폴짝폴짝
뜀뛰기를 하다가
고꾸라지고 자빠져도 괜찮을 텐데
누우면 푹신해서 잠도 잘 오겠는데

그런데
나는 거인이어서 잼 발라
냠냠 쩝쩝 씹어 먹어 버렸다

일꾼들

톱아 싹둑싹둑 잘라라
망치야 땅땅 두들겨라
대패야 쓱쓱 밀어라
괭이야 쾅쾅 찍어라
호미야 콕콕 쪼아라
삽아 푹푹 퍼 담아라
손수레야 빨랑빨랑 옮겨라

네, 네, 네, 네
아휴, 힘들어 죽겠네
아휴, 피곤해 죽겠네

내 눈
―얼굴 관찰 1

하룻밤 묵고 갈
잠 손님 오시고 나면
자동으로 눈꺼풀을
아래로 스르르

하룻밤 묵은
잠 손님 가시려고 하면
자동으로 눈꺼풀을
위로 스르르

잠 손님 안 오시면
오실 때까지 말똥말똥

내 귀
—얼굴 관찰 2

좁다란 골목 같은 귓속으로
온갖 소리들이 드나듭니다

쿵쾅거리는 소리, 우는 소리
싸우는 소리, 개 짖는 소리
오토바이 소리, 자동차 소리
이런 소리는 출입 금지인데도
그냥 쑥 밀고 들어옵니다

새소리, 웃음소리, 노랫소리
갈매기 소리, 파도 소리
딩동, 택배 온 소리
이런 소리는 대환영이랍니다

내 코

내 코는
공기와 냄새만 드나드는 걸
허락합니다
연기가 들어오는 건
아주 싫어합니다
굴뚝이 아니라면서

코가 감기에 걸렸습니다
공기가 드나들기에 힘듭니다
허연 폐수가 콧구멍으로
쭈르르 쪼르르 흘러내립니다
헐레벌떡 병원으로 달려갔습니다

내 입
—얼굴 관찰 4

문 앞에 다가서면
알아서 스르르
열어 주고 닫아 주는
자동문처럼

숟가락이 다가서면
알아서 활짝
숟가락이 나가고 나면
알아서 꾹 닫는
자동문 같은 내 입

똥똥 똥 장군

똥똥 똥 장군이 나가신다
똥똥 똥구멍을 열어라
끄응, 끄응, 끙!
똥똥 똥 장군이 나오셨다
─어휴, 아휴, 시원해

똥똥 똥구멍을 닦아라
똥똥 똥 장군이 떠나신다
어서어서 물 내려라
쐐애─쏴아─
똥똥 똥 장군이 떠나셨다
─바이바이 굿바이

2부

악어처럼

입을

딱

시체놀이

똑바로 누워서 팔다리 축 늘어뜨리기
죽은 척 눈 꼭 감기
숨 쉬려고 코 벌름거리면 안 돼
눈 깜빡거려도 안 돼
갑갑하다고 꼼지락거려도 안 돼

아빠나 엄마가
정말 죽었나 안 죽었나 보려고
코에다 얼굴을 갖다 대면
숨 쉬지 말고 가만히 있어야 해
발바닥을 간질여도 가만히 있어야 해
간지러워 못 참겠다고? 그러면 지는 거야

죽은 척 시체놀이 잘하면
곰도 속일 수 있다

해

해가 한눈팔다가 그만

구름 늪에 빠져 버렸다

한참을 지나 겨우 빠져나온다

해가 나오니 세상이 다시 환해졌다

바람의 도미노 게임

비가 내립니다
직선으로 내립니다

! ! ! ! ! ! !
! ! ! ! ! ! !
! ! ! ! ! ! !
! ! ! ! ! ! !

바람이 도미노 게임 하고 싶어
비를 쓱 밀어 버립니다
비가 빗금으로 내립니다

! ! ! ! ! ! !
! ! ! ! ! ! !
! ! ! ! ! ! !
! ! ! ! ! ! !

동굴 여행

우리 몸에도 동굴이 있다
꼬불꼬불 멀고도 험한
몸속 지하 동굴
길이가 10미터는 될 거다
이 동굴을 빠져나오려면
하루나 이틀 걸린다

입은, 동굴로 들어가는 문
똥꼬는, 빠져나오는 문

동굴을 여행하려는
음식 여행자들이 없다면
'몸 여행사'는 쫄딱 망해
굶어 죽는다

공책

공책은 글자 씨앗을 심는 밭이랍니다
연필로 글자를 심을 때 또박또박 가지런히
줄 맞춰 심으면 보기에 좋지요
모를 줄 맞춰 심으면 보기에 좋듯이요
함부로 낙서하면
그건 밭에다 잡초를 심는 거랍니다
잡초 심고 싶으면 그렇게 해도 됩니다

볼펜

볼펜 속엔 피들이 들어 있지

까만 볼펜 속엔 까만 피
파란 볼펜 속엔 파란 피
빨간 볼펜 속엔 빨간 피

피 색깔은 달라도 모두
피로 글씨를 쓰거나 줄을 긋지

피가 말라 버리거나 다 떨어지면
빈껍데기지

라면

텔레비전에서
라면 광고를 한다

광고하는 사람이
라면을
후루룩후루룩
맛있게도 먹는다

보고 있으면
나도 모르게
침이 꼴깍 넘어간다

신발

신발이 현관에서 기다린다
악어처럼 입을 딱 벌리고

발이 들어가자 발을 꽉 물고
제멋대로 끌고 다닌다

온종일 끌려다녔던 발
집에 오자 겨우 풀려났다

신발에 단단히 물렸던 탓인지
발가락에서 퀴퀴한 냄새가 났다

지퍼와 꼬마 기관차

꼬마 기관차가
지퍼 철로 위를 달린다
주르르르르르르르르르

갈라진 철길을 하나로 이으며
목적지를 향해 주르르르르르

목적지에 도착하면 잠시 쉬었다가
다시 출발했던 곳으로 주르르르

때로는 빠르게 때로는 천천히
주르르르르르르르르르

하품

꽃봉오리들이
지루하다는 듯

하―
하품한다

그러자 활짝
꽃으로 피어났다

시간

공부할 때는 느리게
또오옥따악 또오옥따악

게임을 할 때는 빠르게
똑딱똑딱 똑딱똑딱

시간은 제 마음대로다

3부

낙타가

된

기분

시계 침 삼 형제 1

간다 간다
시계 침 삼 형제가 간다

낮에도 가고
밤에도 가고
비가 와도 가고
눈이 와도 가고
추워도 가고
더워도 간다

끙차끙차
시간을 끌고
날마다 간다
가는 곳이 어딘지
아무도 모른다

시계 침 삼 형제 2

말라깽이 키다리 초침
시간을 잘게 잘게 쪼개서
분침에 전달
분침, 땡큐!

분침이 다시
땅딸보 시침에 전달
시침, 땡큐!

시계 침 삼 형제 덕분에
현재 몇 시 몇 분이라는 걸
알게 된 나, 땡큐!

도미노 게임

나란히 줄지어 서 있는
가나다라마바사아자차카타파하

'가'를 손가락으로 쓱 미니
가나다라마바사아자차카타파하

장난감으로 하는 도미노 게임도 있지만
이런 글자 도미노 게임도 있답니다

때 밀기

몸 여기저기
때가 끼어
근질근질 근질근질

밀자 밀자 때를 밀자
박박 박박 박박 박박

때가 도르르
지우개 똥처럼
말려 나오네

아이고, 시원해
아이고, 상쾌해
몸이 날아갈 듯하네

엘리베이터

버튼만 누르면 충직한
하인처럼 스르르 달려온다

내릴 층에 도착하면 자동으로
문 활짝 열어 주고 닫아 준다

종일 컴컴한 굴속을
두더지처럼
올라갔다 내려갔다 하지만
친절 하나만은 엄지척이다

달력

숫자로 된 암호 문서다
12장으로 된 암호 문서를 넘겨 본다
장마다 암호가 빼곡하게 적혀 있다

암호를 풀어 본다
3월 01일(음, 독립 만세를 외친 날이네)
6월 25일(음, 전쟁이 일어난 날이네)
8월 15일(음, 해방이 된 날이네)
10월 09일(음, 한글날이네)

어떤 암호는
숫자 아래에 적힌 글자들이
깨알 같아서 돋보기로 봐야 알 수 있다

어디 있을까

찬 바람 몰아치는 이 한겨울에
봄은 어디에 있을까?

숨어 있겠지
나갈 때를 기다리며,

꽁꽁 언 땅속에
얼어 버린 개울물 속에
마른 나뭇가지 잎눈 꽃눈 속에
줄기만 남은 풀뿌리 속에
숨을 죽이며,

세상을 온통
초록, 분홍으로 바꾸어 버릴
그날을 위해
단단히 준비하고 있겠지

봄

해방이다! 만세! 만세! 만세!

겨울 얼음 감옥에 갇혀 있던
씨앗들이
감옥 문을 열어젖히고
쏘옥쏘옥 초록 얼굴을 내민다
눈 꼭 감고 있던 잎눈 꽃눈 들이
활짝 눈을 뜬다

햇살도 바람도 응원한다
어서어서 세상을
푸르게 푸르게 바꾸어 보라고

오아시스

차 소리들이
모래바람처럼 휘몰아치는
인도를 1시간만 걸어 봐
터벅터벅 사막을 걷는
낙타가 된 기분일 거야

낙타가 된 기분으로
헉헉 집에 도착하면 알게 돼
마실 물이 있고 간식이 있고
편히 쉴 수 있는 곳
집이 바로 오아시스라는 걸

사막에만
오아시스가 있는 게 아니다

나는 통역사

나는 까치의 말을 통역하는 통역사랍니다
지금 공원 소나무 가지에서
까치가 지껄이는 말을
까마귀에게 통역해 주고 있습니다
영어가 아닌 우리말로 옮기면 이렇습니다

깟깟 깟깟 까마귀님! 안녕하세요?
거긴 내가 잘 앉는 소나무인데…
하지만 괜찮아요
배고프면 소나무 몸통 높은 곳에 둘러쳐져 있는
볏짚 거적을 잘 쪼아 보세요
내가 먹으려고 아껴 둔 벌레 몇 마리 있을 거예요
직박구리 같았으면 벌써 쫓아 버렸겠지만
까마귀님! 앞으로 우리 자주 만나요
맛있는 벌레 많이 있는 곳 알려 드릴게요
그럼, 안녕! 또 만나요! 깟깟 깟깟

까치 혼자 너무 길게 지껄어서
통역하는 데 아주 힘들었습니다

텔레비전 속 세상

리모컨으로
쿡, 시작 버튼을 눌렀다
화면이 활짝 펼쳐졌다

채널을 이리저리 돌리니
전쟁 소식, 폭탄 테러 소식
끔찍한 사건, 사고 소식
축구, 야구 경기 소식
가 보지 못한 나라의
멋진 풍경과 맛있는 음식

다 보고 난 뒤
꾹, 마침 버튼을 눌렀다
텔레비전 속
우리가 사는 세상이
픽, 사라졌다

재밌고 신기한 것도 많았지만
화나고 슬픈 게 더 많았다

새해 선물

띵동―
소리도 없이 선물이 왔다

새해 새 아침에 새해가
아이들에게 주는 선물
'나이 한 살'

이 선물 받으면
아이들은 좋아서 으하하
어쩔 줄 모른다

세뱃돈도 용돈도
작년보다 더 많이 받고
키도 커지고
힘도 세지기 때문이다

4부
신선한
우유 같은
오늘

CCTV

교실에도
CCTV가 있다

공부 시간에
장난치거나
친구 괴롭히면

찰칵, 해 버리는
CCTV

그것은
선생님 얼굴에 있는
동그랗고 까만
두 개의 눈동자

용감한 여행자들

밥, 국, 반찬이 해외여행을 가기로 했습니다
입속에서 출국 검사를 마친 뒤
목구멍 꿀떡 고개를 지나 아래로 아래로 내려갔습니다
주머니처럼 생긴 위장 휴게소가 나왔습니다
잠시 휴식을 한 뒤
꼬불꼬불 길고 긴 소장 동굴 대장 동굴을 지나
직장이란 호텔에 도착했습니다
이곳에서 하룻밤 묵은 뒤 아침에
항문이란 문을 열고 밖으로 나갔습니다
야외 목욕탕인 변기통이 기다리고 있었습니다
기분 좋게 쏴 샤워를 한 뒤
다시 어디론가 출발했습니다
황금 고구마 같은 멋진 몸매로 변신하여

빗방울들

빗방울들이
땅바닥에 팍, 머리 박고 기절한다

어떤 빗방울은
하수구에 쿡 처박히기도 하고
지붕을 타고 내려오다가 굴러떨어지기도 하고
유리창에 부딪혀 주르르 눈물 흘리기도 하고

어떤 빗방울은
퐁당, 개울물에 빠져 꼬르륵거리다가
둥둥 떠내려간다

어떤 빗방울은
나뭇잎 위에서 쪼르르 미끄럼 타다가
풀밭에 폴짝

비 오는 날엔 비 구경이 최고다

오늘

우유 배달 아줌마가
하루도 빼먹지 않고
꼬박꼬박 배달해 주는
신선한 우유 같은
오늘

유효 기간은
24시간

엄마와 아이

엄마와 아이가 손잡고 간다
짝꿍처럼 다정하게

엄마와 아이가 이야기한다
절친처럼 다정하게

엄마와 아이가 말싸움을 한다
짝꿍이 아닌 것처럼

엄마와 아이가 또 말싸움을 한다
절친이 아닌 것처럼

엄마와 아이가 웃으며 밥을 먹는다
다시 짝꿍이 되어 다정하게

학교

2학년 남자아이가 학교에 간다
2학년 남자아이가 가방을 메고 학교에 간다
2학년 남자아이가 거북이 등딱지 같은
가방을 메고 교문을 지나 운동장으로 뛰어간다
운동장을 지나 건물 안으로 사라진다

아이는 지금 누군가에게 붙잡혀 있을 것이다
그런데 이상하게 아무도 걱정 안 한다
112에 연락도 안 한다
곧 깔깔거리며 풀려날 거라는 걸
알고 있다는 듯이

껍딱지

내 껍딱지는
요 까만 그림자랍니다

나만 졸졸 따라다니기에
언제나 데리고 다닙니다
비 오는 날은 빼고요

햇볕 쨍쨍 내리쬐는
불볕더위 한여름에는
힘들어할까 봐
그늘 속으로 잠시
데리고 들어가 쉬게 합니다

냉장고에게

네 몸속은 늘 차갑지
그래서 네 몸속에
보관해 두는 거야

보관해 둔 반찬 꺼내 갈게
밥 먹을 때가 되었으니

몸속이 잘 보이게
불 확 켜 줘서 고마워

그럼, 이제 문 닫을게

피뢰침

번개가 번쩍!
우리 아파트를 잡아먹으려고 한다

그 순간
피뢰침이 잽싸게 창으로
번개를 팍 찔러
흐흡 삼켜 버린다
번개는 피뢰침의 밥

피뢰침이 버티고 있는 동안은
어떤 번개라도
우리 아파트를 잡아먹지 못한다

강

높은 곳에서 보면
몸뚱이가 굵다랗고 기다란
은빛 구렁이가 기어가는 것 같다

비늘을 번득이며 꿈틀꿈틀
산모롱이를 지나가고 있다
배 속에는
온갖 물고기들이 살고 있겠지

사람을 찾습니다

이름은 눈사람
얼굴색은 하얗고 몸은 뚱뚱
작은 키에 팔도 없고 다리도 없는
사람이지만
누구나 이 사람을 좋아해서
찰칵, 찰칵, 사진 찍는 걸 좋아한답니다
특히 아이들이 좋아하죠
2월에 집을 나가서 돌아오지 않습니다
이 사람을 보시면 꼭 좀 연락 주세요
연락처 : 010 - 123 - 4567

폭포

거인이
절벽 위에서
오줌을 눈다

쏴
아
아
아
아
어이구, 시원하다

보는 사람들도 시원하다

5부
곤충 학교
학생들

곤충 학교에는 어떤 학생들이 있을까요

이곳 학생들은 저마다

한 가지 재주는 다 가지고 있답니다

변신 잘하는 학생들

대나무 줄기처럼
가늘고 기다란 몸을 가진 대벌레 학생
적이 오면 나뭇가지인 것처럼 변신

가랑잎벌레 학생은 넓적한 잎처럼 변신
재주나방 학생은 부러진 나뭇가지처럼 변신
으름밤나방 학생은 낙엽처럼 변신

변신을 하면 적들이 깜빡 속아서
잡아먹지 않지요
잡아먹히는 학생은 실력이 부족해서지요
실력을 키우려고 학원에 다니기도 하지요

뻥 잘 치는 학생들

사슴풍뎅이 학생은 적을 만나면
크게 보이려고 다리를 번쩍 쳐들고
자 덤벼! 하며 몸을 쫙 펼치지요
사마귀 학생도 자기보다 센 적을 만나면
날개를 흔들어서 자기가 되게 센 척하지요

이름도 별난
별가슴호랑하늘소 학생은
자기가 독침을 가진
벌인 것처럼 붕붕대요

뻥도 잘 쳐야지 자칫하면
하늘나라로 가는 수가 있다는 걸
아는지 모르겠네요

방귀 잘 뀌는 학생들

방귀 하면 노린재 학생이지
별명이 방귀쟁이니까
방귀 뿡뿡 뀌면 냄새가 지독해서
개미나 쌍살벌이 가까이 왔다가
걸음아 나 살려라 하고 달아나지

폭탄먼지벌레 학생도 방귀 대장이지
위험을 느끼면 가스를 뿌리며 도망가
냄새가 엄청 지독해서
살갖에 닿으면 살이 부어오르고
따끔따끔 아파서 병원에 가야 해

정말이야?
가짜 뉴스 아니지?

높이뛰기 잘하는 학생들

곤충 학교 학생들 중에서
높이뛰기 최고 선수는 누굴까
물어보나 마나 벼룩이지
제 몸은 겨우 2밀리미터인데
제 몸길이의 100배인
20센티미터를 뛰니 말이야
뻥이 아니고 진짜야
곤충들 높이뛰기 대회에서
금메달을 놓친 적이 한 번도 없으니까

그렇게 잘하는 까닭은
뒷다리 근육이 아주 튼튼해서인데
예전에는 날개였다고 해
그래서 잘 뛴다고 해
다윈의 진화론을 열심히 공부한 조상 덕이래

멀리뛰기 잘하는 학생들

곤충 학교에서
멀리뛰기 선수라면
두말할 것도 없이 메뚜기 학생이지
뒷다리가 길고
넓적다리가 튼튼해서
한 번에 75센티미터를 뛰어
75센티미터가 얼마나 되는지 모르면
자를 가지고 재어 봐

귀뚜라미와 여치 학생도 잘 뛰지만
메뚜기한테는 어림없어
곤충들 가을 체육 대회에서
멀리뛰기 시합하면
금메달은 늘 메뚜기 차지지, 그래서
이 종목 없애자고 한 일도 있어

두 가지 재주를 가진 학생들

대벌레 학생은 자기가 나뭇가지인 것처럼
위장도 잘하지만
재수 없게 적에게 다리를 물리면
짜아식아! 다리나 먹고 떨어져
다리야 안녕! 하며 달아나는 재주를 가졌지
꼬리가 잘려도 꼬리가
다시 살아나는 도마뱀처럼

참 별난 재주를 가진 학생이야
하지만 몸통이 물리면 어쩌지? 킥킥

잠자리 학생의 자기소개

곤충에 대해서 잘 모르는 이들은
공룡이 처음으로 하늘을 날아다닌 줄 알지
천만의 말씀 만만의 콩떡
우리 조상님들은 공룡보다 1억 년이나 앞서서
하늘을 날아다니며 주름잡았다오
그 조상님들을 '메가네우라'라고 하는데
지금부터 3억 5천만 년 전이야
날개 길이가 60센티미터나 되었대

난 눈이 많아
2개의 겹눈, 3개의 홑눈으로 되어 있는데
위아래 앞뒤 동시에 볼 수 있어
CCTV는 저리 가라야
그리고 1초에 10미터는 날아
사냥에도 뛰어나서
하루에 모기 200마리는 잡아먹지

자랑 더 해야 하는데… 시간이 다 되어서…
아쉽다!

곤충 학교 학생이 아닌 학생들

야, 이놈 거미야!
넌 이 학교 학생이 될 자격이 없는데
이 학교에 왜 왔어?
이 학교에 입학하려면
다리가 여섯 개여야 하는데
넌 다리가 여덟 개잖아!

그냥 놀러 왔다고?
흥! 여기 학생들 잡아먹으려고 왔으면서
어서 사라져 짜식아!

지네 너도 사라져!
다리가 수십 개나 되는 징그러운 놈아!

이 학교 학생들은 머리, 가슴, 배
세 부분으로 되어 있는데
너희는 이상하게
머리가슴과 배의 두 부분으로 되어 있잖아
그걸 알아야지

지퍼와 꼬마 기관차

ⓒ 2024 글 권오삼 · 그림 이한재

1판 1쇄 발행   2024년 11월 20일
지 은 이   권오삼
그 린 이   이한재
펴 낸 이   김재문

총괄책임   진호범
편   집   김동진 정초희
디 자 인   최재원
펴 낸 곳   출판그룹 상상
출판등록   2010년 5월 27일 제2010-000116호
주   소   (06646) 서울시 서초구 반포대로28길 42, 6층
전자우편   story@sangsang21.com
블 로 그   blog.naver.com/sangsangbookclub
페이스북   facebook.com/sangsangbookclub
인스타그램   @sangsangbookclub
대표전화   02-588-4589 | 팩스   02-588-3589

ISBN   979-11-91197-39-6 (73810)

• 이 책의 판권은 지은이와 그린이, 출판그룹 상상에 있습니다.
  이 책 내용의 일부 또는 전부를 재사용하려면 사전에 양측의 동의를 받아야 합니다.
• 이 책은 서울특별시, 서울문화재단에서 시행한 2024 원로예술지원사업의 지원을 받아
  발간되었습니다.
• 잘못된 책은 바꾸어 드립니다.